PLAN

DU POÈME ANGLAIS

DE LOTHAIRE.

1822.

Par Mme Sétier.

Lothaire.

Le jeune Lothaire, descendant linéal d'une ancienne famille normande qui avait accompagné Guillaume-le-Conquérant, lorsqu'il s'empara du royaume et du trône de Harold II, devint orphelin dans un âge fort tendre. Héritier de biens immenses, le soin de son éducation se trouva confié à un parent éloigné, homme dur, injuste et ambitieux. Elevé d'une manière rigoureuse, son caractère se développa de bonne heure. L'injustice et la sévérité effarouchent et accablent les esprits faibles, tandis que les esprits supérieurs se roidissent, et deviennent d'autant plus fermes qu'on s'obstine à les plier.

Cet indigne parent traitait Lothaire avec
rigueur, dans l'espoir de le faire consentir
à se dépouiller, en sa faveur, d'une partie
de sa fortune; mais la mort l'enleva sans
lui avoir permis de réaliser ses projets, et
son pupille entra en possession des terres de
ses aïeux.

Lothaire n'avait jamais connu ni les plaisirs de l'enfance, ni les tendres soins des
auteurs de ses jours; constamment en butte
à la tyrannie et à l'injustice, il n'avait jamais entendu la voix de l'amitié, ni joui des
doux épanchements du cœur : aussi, s'était-
il renfermé en lui-même, et, croyant pouvoir toujours se suffire, il avait tracé une
ligne de démarcation entre lui et ses semblables. Maître enfin de ses biens, entouré
d'hommes qui flattaient son pouvoir, et bri-
guaient sa faveur, il se trouva comme isolé
au milieu de cette foule. Élevé au-dessus des
autres hommes, il n'y avait rien de commun
entre lui et eux; il ne recherchait pas plus
leurs éloges qu'il ne redoutait leur censure.
Cependant, sous un extérieur froid et ré-

servé, il cachait un cœur capable de res-
sentir le sentiment le plus tendre, le plus
passionné. Mathilde le lui fit connaître, Mathilde, l'objet de ses premiers feux. Il la vit,
et l'amour s'empara de tous ses sens; devant
elle sa fierté fléchit, devant elle sa froideur
disparut.

Elle avait de la beauté, de cette beauté
magique qui, une fois vue, ne s'oublie jamais. Sa taille fine et flexible s'élevait légè-
rement; et se prêtait avec grâce à tous ses
mouvements. Sa figure était le miroir vivant
de son âme. Ses beaux yeux se baissaient
quand un inconnu osait les interroger; mais,
lorsqu'ils rencontraient ceux de Lothaire, ils
réfléchissaient, à travers leurs longs cils, le
feu ardent de l'amour, tempéré par la dou-
ceur et la modestie. En elle on voyait le
beau idéal de l'imagination; son cœur qui
l'élevait au-dessus du vulgaire, était fait
pour aimer et être aimé, trop pur, trop sin-
cère, pour se familiariser avec un monde
corrompu.

Le château de Lothaire, très-fortifié par

ses moyens de défense , était situé assez près de la mer. De ses remparts, on voyait la surface de l'Océan ; pour peu que le vent soufflât , on y entendait le rugissement des vagues qui se brisaient contre les rochers; là , Lothaire s'entretenait souvent avec Mathilde. Pressée enfin de se déclarer, elle ne put dissimuler plus long-temps les sentiments de son cœur, et lui fit voir qu'il était aimé.

Mathilde devint son épouse : entre ses bras il oublia le monde et ses plaisirs. La naissance d'un fils resserra encore les liens qui les unissaient.

Mais les jours de bonheur s'écoulent rapidement; ils ne sont souvent que les avant-coureurs des calamités le plus funestes.

La fureur des croisades avait depuis long-temps commencé à épuiser l'Europe ; déjà des milliers d'hommes avaient trouvé la misère ou la mort en Palestine.

Richard Cœur-de-lion voulut aussi se signaler : l'attrait de la gloire échauffait son âme guerrière. Après avoir fait un traité avec Philippe-Auguste , roi de France , et juré de joindre ses forces aux siennes pour combattre les infidèles , il ordonna aux nobles de son royaume de l'accompagner.

Aux yeux de Lothaire , une guerre entreprise pour le triomphe de la Foi , ou pour assouvir la fureur du fanatisme , était également méprisable ; mais, comme l'un des principaux seigneurs du royaume, il fallait qu'il obéît. Il s'agissait de sa réputation , de son honneur : ces motifs étaient trop puissants pour ne pas le déterminer.

Cent fois sa malheureuse épouse se jeta à ses pieds ; cent fois elle lui présenta son fils, en le suppliant de ne pas l'abandonner ; mais ce fut en vain : il était forcé de méconnaître la voix de la nature.

Le jour fatal arriva ; le casque couvrit sa tête, la croix brilla sur son épaule. Grand Dieu ! comment exprimer les angoisses d'un tel moment ! Qu'il est pénible d'abandonner ce qu'on aime, ce qu'on chérit ! Les regards fixés sur celle qu'on adore , on craint de la voir pour la dernière fois ; pénétré de ses gémissements , on la serre entre ses bras ,

on s'en sépare avec peine,..... hélas ! peut
être pour toujours !

Un saisissement soudain s'empare de Mathilde, son sang se glace, elle tombe sans
mouvement.... Enfin elle reprend ses sens
et voit ses femmes empressées à la secourir.
On lui présente son enfant qui lui tend les
bras ; elle le prend dans les siens, le presse
sur son cœur, le baigne de ses larmes ; puis
tout-à-coup se lève, et court sur les remparts du château : ses femmes désolées la
suivent.

Mathilde promène alors ses regards rapides
sur la mer, et voit la flotte d'Angleterre qui
allait rejoindre celle de France, et qui était
déjà loin du rivage. Elle distingue les ban-
nières de Lothaire, le vaisseau qui les porte,
et le suit des yeux jusqu'à ce qu'il se perde
dans l'horizon ; alors elle retombe dans un
état d'insensibilité ; trop heureuse si, en ce
moment, la mort l'eût arrachée au sort
affreux qui l'attendait !

Rodolphe, seigneur voisin de Lothaire,
et moins puissant, avait long-temps aimé

Mathilde ; il lui avait offert sa main, mais elle l'avait refusée. Vain et impérieux, il joignait tous les vices d'un despote à ceux d'un lâche. Il avait toujours détesté Lothaire, dont la froide hauteur l'avait rebuté, et lui avait cependant imposé. Son mariage avec Mathilde mit le comble à sa fureur : il lui voua dès-lors une haine implacable, et jura de s'en venger. La nouvelle croisade semblait favoriser son dessein. Il feignit une maladie afin de pouvoir rester en Angleterre, et, pour mieux couvrir sa feinte, il équipa quelquels-uns de ses vassaux pour cette expédition. Avec eux il envoya une de ses créatures à laquelle il promit une grande récompense ; cet homme lui fit serment de le débarrasser de Lothaire, et de lui rapporter quelque témoignage incontestable de sa mort. Le même vaisseau emporta et la victime et l'assassin !

Des vents favorables semblaient promettre un heureux voyage aux Croisés. Déjà ils avaient passé le détroit de Gibraltar ; ils voguaient dans la Méditerranée ; lorsque le ciel se couvrit, le vent changea, et tout annonça un orage prochain. On fit force de voiles, et, s'avançant vers la côte d'Italie, on relâcha dans un port que la nature avait creusé, pour y attendre la tempête.

Lothaire quitte son vaisseau, il erre sur la côte, et, réfugié dans une espèce de grotte, il observe les progrès de l'orage. Rêveur et distrait, il ne voit pas un homme qui, d'un pas lent et mesuré, s'est approché. Le lâche se jette sur lui ; Lothaire s'aperçoit alors de son dessein ; mais, avant de pouvoir se mettre en défense, il reçoit le coup, et tombe sans connaissance. Le meurtrier lui ôte une bague qu'il portait au doigt, et va se ménager une retraite jusqu'à ce que l'occasion se présente pour retourner en Angleterre.

Mais l'assassin avait manqué son coup ; la grande effusion de sang lui avait fait croire que son attentat était consommé ; sa main tremblante avait frappé à faux, et sa victime respirait encore.

Enfin l'orage éclata ; la fureur des éléments

ût reprendre connaissance à Lothaire ; il se leva avec difficulté , et, s'appuyant sur son épée , il quitta la grotte. Il se traîna aussi loin que ses forces le lui permirent ; mais bientôt épuisé il succomba de nouveau.

Un Ermite qui demeurait près de-là , le vit, et reconnut en lui un chevalier du Christ. Il lui prodigua tous ses soins , le fit entrer dans son réduit, et, après l'avoir placé sur son lit , pansa sa blessure.

Cependant la pluie tombait toujours ; des éclats redoublés de tonnerre faisait trembler l'air , tandis que de fréquents éclairs sillonnaient la surface de la mer en fureur. Malgré le bruit de la tempête , le sommeil s'empara de Lothaire ; affaibli par la perte de son sang , il dormit profondément.

Le lendemain le solitaire se rendit à la flotte où il raconta ce qui s'était passé. On chercha le meurtrier , mais on ne put le découvrir.

La flotte remit à la voile ; un seul vaisseau resta pour attendre le rétablissement de Lothaire. Au bout de quelques jours , il se sentit assez de force pour continuer son voyage, et aller rejoindre son roi qui était débarqué en Syrie où les puissances de la Chrétienté s'étaient assemblées pour concentrer leurs forces contre les infidèles. Des flots de sang coulèrent, et des trésors furent prodigués pour satisfaire l'orgueil, l'ambition, et l'ineptie du fanatisme.

Le vil instrument de la vengeance de Rodolphe, depuis long-temps arrivé en Angleterre, avait remis à son maître la bague de Lothaire, et avait reçu le prix du sang. D'un air triomphant, Rodolphe donna la bague à Mathilde, et lui apprit la mort de celui auquel elle était unie.

Ils est des malheurs si terribles, si inattendus, qu'ils étourdissent d'abord les infortunés qui les essuient, et les font tomber dans un engourdissement voisin de l'insensibilité. Telle fut l'impression que cette funeste nouvelle produisit sur Mathilde; tel fut long-temps l'état dans lequel se trouva l'épouse de Lothaire. Elle ne recouvra ses fa-

cultés que pour entendre les propositions ré-
voltantes de Rodolphe. Le cœur brisé de
douleur, elle le repoussa avec mépris ; mais
la trame qu'il avait ourdie contre son repos
était trop bien préparée pour qu'elle pût s'en
dégager. Elle se vit prisonnière dans son
propre château ; les jours de son fils furent
menacés : il fallut que sa main devînt le prix
de sa vie. La tendresse maternelle l'emporta
sur tout autre sentiment ; la crainte de
perdre son enfant lui fit tout oublier pour le
sauver. Mourante, insensible à tout ce qui
se passait autour d'elle, sur le même autel où
elle avait donné sa foi à Lothaire, la malheureuse Mathilde fut obligée d'unir son sort à
celui d'un traître, d'un assassin !

Devenue épouse d'un homme tel que Rodolphe, l'existence lui aurait été insuppor-
table sans son fils ; son fils, qui pouvait un
jour devenir son soutien et son vengeur ;
mais son tyran n'avait pas encore comblé la
mesure de ses crimes : il s'était trop avancé
pour pouvoir reculer ; ayant pénétré les sentiments de Mathilde, il craignit celui qu'elle

chérissait comme son unique espoir. Ni l'intérêt qu'inspire l'enfance, ni la voix de la pitié, ne fit impression sur son cœur : de sa main il prépara le fatal poison, et le fit prendre à l'enfant ; la malheureuse victime de sa haine et de sa lâcheté exhala bientôt le dernier soupir sur le sein d'une mère désolée.

Ce fut alors que Mathilde sentit qu'il ne lui restait rien sur la terre ni à craindre, ni à espérer ; son dernier espoir fut trompé, son dernier lien fut rompu, mais l'excès de la souffrance lui en diminua l'amertume et lui en fit perdre le sentiment. Elle tomba dans un accablement morne, dont rien ne pouvait la tirer, et la mélancolie s'emparant de son cœur, Rodolphe ne trouva plus dans Mathilde qu'un être également insensible à ses reproches et à ses caresses.

Ainsi, lorsque les sauvages guerriers de l'Amérique veulent épuiser tout le raffinement de la cruauté sur un malheureux prisonnier, ils l'attachent à un poteau, et lui font souffrir les tourments le plus cruels : le

courage du captif s'élève au-dessus de la
douleur, et défie les bourreaux qui l'entou-
rent. Enfin l'excès de ses angoisses lui ôte le
sentiment de la souffrance; il devient en-
gourdi, il s'endort ; le feu seul, appliqué à
ses plaies, le ranime, et lui rend la faculté
de souffrir. Las de le tourmenter, ses fé-
roces ennemis le détachent; aveugle, en-
gourdi par la douleur, et étourdi par les cris
insultants qui retentissent autour de lui, les
genoux lui manquent, il trébuche, il chan-
celle, mais il marche toujours, jusqu'à ce
que, percé de flèches, il tombe dans le feu
qu'on lui avait préparé.

Plusieurs années s'étaient écoulées depuis
que Lothaire avait quitté les rives de l'Angleterre. Pendant ce temps, continuellement
en butte à tous les dangers de la guerre, il
s'était acquis une glorieuse réputation.

Mais l'armée chrétienne, toute nombreuse
qu'elle était, fut, pour ainsi dire, anéantie
par des combats et par des travaux perpé-
tuels. Les malheureux restes de cette armée,
autrefois si brillante, ne songeaient plus

qu'à assurer leur retour en Europe. Déjà le roi Richard était parti ; Lothaire, brûlant de revoir son pays, sa femme et son enfant, préparait aussi son départ, et les autres Anglais suivirent son exemple. Ils dirigèrent leur marche vers le premier port, où, s'étant procuré un vaisseau avec beaucoup de peine, ils campèrent jusqu'à leur embarquement.

Des pèlerins, qui étaient depuis peu arrivés d'Europe, entrèrent dans le camp des Croisés. Ces hommes pieux, suivant le fanatisme des temps, avaient entrepris ce long et pénible voyage, en ne désirant, pour prix de leurs travaux, que le bonheur de voir, avant de mourir, le tombeau de leur Sauveur. Parmi eux il y avait plusieurs Anglais. Lothaire, désirant apprendre, s'il était possible, des nouvelles de sa famille, les aborda. Il s'en trouva un dont le monastère était près de son château. Sans se découvrir, il l'interrogea sur le sort de Lothaire, de sa femme et de son fils.

« Chevalier du Christ, lui répondit le moi- » ne, Lothaire est mort ; depuis long-temps,

» dans notre monastère, on a fait des prières
» pour le repos de son âme ; son fils l'a suivi
» au tombeau ; sa veuve est devenue la fem-
» me de Rodolphe. »

La foudre qui vient d'éclater, n'a pas un effet plus terrible que celui que produisirent sur Lothaire ces funestes paroles. Il recula quelques pas ; il voulut parler ; mais un serrement de cœur lui ôta la parole ; un long gémissement lui échappa ; il tomba sans connaissance aux pieds du pèlerin.

Le saint homme étonné se hâta de le secourir ; il détacha son casque, et délaça son armure ; Lothaire reprit ses sens ; il vit le moine qui se penchait sur lui, en s'informant de la cause de sa douleur. « Je » suis, lui dit ce malheureux, je suis Lo-» thaire..... » A ces mots, le moine, saisi d'horreur, fit le signe de la croix, et baisa son crucifix, en levant les yeux vers le ciel. Il chercha à consoler l'infortuné qui gémissait à ses pieds ; mais, sourd à sa voix, Lothaire se leva, et alla se plonger dans la solitude. Là, livré à lui-même, l'horrible nou-

3.

velle qu'il venait d'apprendre le jeta dans un état de fureur. Mathilde complice de Rodolphe !.... Mathilde son épouse !.... Il se rappela la dernière fois qu'il l'avait vue, il se rappela ses larmes, ses angoisses, son amour. Comment concilier de telles horreurs avec de semblables souvenirs!..... Mais non, le moine n'a pu se tromper; le malheureux Lothaire ne pouvait douter de la véracité de son récit : et, hors de lui, il leva les mains vers le ciel, et maudit le jour de sa naissance..... Il aurait succombé sous le poids de malheurs si accablants, si inattendus; mais l'espoir de la vengeance seul le soutint : il fallait vivre pour punir de sa main l'auteur de ses maux, le suborneur de sa femme.

Il retourna au camp, assembla ses compagnons d'armes, et leur raconta ses malheurs : à l'instant ils tirèrent leurs épées, et jurèrent de le venger. Ils s'embarquèrent le lendemain ; et, quelque temps après, les croisés anglais saluèrent les rives de leur patrie, et Lothaire revit les lieux de sa naissance.

Déjà le jour était sur son déclin, les rayons
du soleil couchant jetaient encore leur clarté
sur l'Océan ; le léger souffle du vent agitait
à peine les voiles du vaisseau, tandis que la
mer paisible roulait doucement autour de la
proue. Lothaire convint avec ses amis du
moment où ils devaient environner son château, et l'aider à satisfaire sa vengeance ;
lui-même prit l'habit d'un moine, et quitta
le vaisseau.

Qu'il est doux pour ceux qui ont long-
temps erré sur un sol étranger, de revoir
leur patrie ! Quel bonheur d'être accueilli,
après de longues guerres, par ses amis et par
sa famille !

Mais loin d'éprouver ces sentiments à la
vue du sol natal, l'infortuné Lothaire ne ressent que la douleur la plus amère, ne se rap-
pelle que les souvenirs les plus cruels : il
avait échappé aux plus grands dangers,.. il re-
voit son château et ses domaines ;.. mais quel
changement ! quels affreux événements s'é-
taient passés depuis qu'il les avaient quittés !

Son pouvoir lui avait été ravi, ses terres

étaient tombées entre les mains d'un étranger, l'héritier de ses biens dormait dans la nuit du tombeau ; et sa femme, celle qu'il avait adorée, celle qu'il avait crue un être angélique,..... sa femme s'était livrée à un scélérat !..... Cependant la nuit avait couvert la terre de ses ombres silencieuses ; la lune répandait sa douce lumière, et tout respirait la paix et la tranquillité. Il faut se trouver dans une situation aussi affreuse que celle de Lothaire, pour pouvoir, comme lui, regarder une telle nuit sans éprouver le moindre sentiment de plaisir ; pour contempler la mer, et ne souhaiter qu'un tombeau dans ses flots ; pour porter ses regards à la voûte étoilée du ciel, sans le moindre espoir d'un avenir : comme si l'existence ne pouvait jamais être qu'une longue suite d'angoisses et de malheurs.

Rempli de ces tristes réflexions, Lothaire s'avançait vers son château. Arrivé à la poterne, il y demanda l'hospitalité due à un pèlerin qui revenait du Saint-Sépulcre. A ce titre sacré, les portes lui furent ouvertes, et on le conduisit dans une salle où se tenaient les gens du château. Instruits d'où venait ce pélerin, ils l'entourèrent, et lui firent mille questions; mais, sourd à leur voix, renfermé en lui-même, Lothaire ne leur répondait point : la tête appuyée sur sa main, il paraissait insensible à tout ce qui l'environnait. Enfin, las de l'interroger sans pouvoir en tirer une seule réponse, ils le laissèrent, et ne s'occupèrent plus de lui. Seul, immobile, enseveli dans ses pensées amères, Lothaire réfléchissait sur le passé. Ses erreurs et ses infortunes se présentèrent avec force à son esprit; mille souvenirs déchirants se pressèrent en foule dans sa mémoire; mais bientôt la vengeance, la vengeance seule, occupa toutes ses idées.

On célébrait cette nuit une fête dans le château : les sons de la musique résonnaient à ses oreilles, et les cris d'allégresse retentissaient jusqu'au fond de son âme. Indigné, enflammé de rage et déchiré de douleur, à peine pouvait-il se contenir; impatient, il comptait les moments qui retardaient sa vengeance, il brûlait de l'assouvir ; tout-à-coup plusieurs hommes l'abordèrent, et, d'un ton suppliant, le prièrent de les accompagner. « Saint homme, lui dirent-ils, non » loin de vous, un malheureux est sur le » point de rendre le dernier soupir. Il de-» mande avec instance un ministre des au-» tels qu'il puisse rendre dépositaire des » secrets de son âme : suivez-nous, et venez » apaiser les remords de ce misérable. » Sans attendre sa réponse, on l'entraîna, et le conduisit à l'appartement du moribond. Interdit, il se laissa mener ; on s'arrêta devant une petite porte, on l'ouvrit, et on le laissa seul avec le malade. Lothaire leva la tête...... Grand Dieu ! quel spectacle s'offrit à ses regards ! il reconnut dans ce malheureux celui qui l'avait frappé sur les rivages d'Italie ! Saisi d'une horreur involontaire, il recula ; mais un instant après il se remit, se couvrit davantage la figure avec son capuchon, se plaça près du malade, et, brûlant d'apprendre l'horrible mystère, d'une voix étouffée, il l'encouragea à parler. Tremblant

à l'approche de la mort, redoutant le châti-
ment de ses forfaits, le malheureux révéla
ses crimes à celui qu'il croyait pouvoir l'en
absoudre. Il s'avoua l'assassin de Lothaire,
il se reprocha le sort affreux de Mathilde,
dont il peignit l'horrible désespoir. Rongé
de remords, il tâcha de rejeter ses crimes
sur Rodolphe, qu'il accusa d'être l'auteur
de l'empoisonnement du fils de Lothaire. Il
parla : alors, faible et épuisé, il retomba
sur son lit ; une sueur froide coulait de son
front, tandis que ses lèvres tremblantes im-
ploraient le pardon des crimes qu'il avait
commis, ou dont il avait été complice.

Penché sur le chevet du lit, osant à peine
respirer, Lothaire avait écouté l'horrible
confession. Quel récit !.... quels éclaircisse-
ments !..... Tout son sang se porta vers son
cœur ; il frémissait, et, transi d'horreur, il
demeurait immobile. Le malade leva ses
yeux mourants sur lui ; interdit de l'énor-
mité de ses crimes, il craignait que l'espoir
du pardon ne lui fût ôté ; il gémissait, et
posait sa main déjà froide sur celle de Lo-

thaire, en l'implorant de calmer, par ses consolations, ses derniers moments. Lothaire tressaillit lorsqu'il se sentit toucher par l'odieux complice de Rodolphe ; tout-à-coup il repoussa la main qui tenait la sienne, se leva, arracha les habits qu'il portait ; et se fit voir en chevalier du Christ. Les plumes dégagées flottaient au-dessus de son casque, sa visière était levée ; le mourant le vit, le reconnut, poussa un cri terrible, et expira......... Lothaire quitte aussitôt cette chambre ; bouillant de colère et de vengeance, il tire son épée, et dirige ses pas vers le lieu d'où retentissent les cris de réjouissance. Il s'élance dans la salle ; les convives, saisis d'étonnement, le regardent, et reculent devant lui ; ses yeux étincelants de fureur cherchent partout le destructeur de son bonheur ; il l'aperçoit, se précipite sur lui, et lui enfonce son épée dans le cœur ; le coupable Rodolphe tombe à ses pieds, son sang apaise sa vengeance.... Cependant les Croisés ont pénétré dans le château : bientôt la salle se remplit de guerriers, et le

nom de Lothaire retentit dans leurs bou-
ches. A ce nom, à la vue de celui qu'on
croyait mort, tout est confusion , tout est
tumulte : on se pousse, on se heurte, et on
se sauve de tous côtés.

Lothaire seul reste immobile ; les yeux
fixés sur un seul objet, il est comme enchaîné
à la place où il se trouve : il voit celle qu'il
chérit, l'innocente victime de la haine et
de la vengeance. Appuyée sur une colonne
qu'elle entoure de ses bras, Mathilde s'offre
à ses regards ; mais non cette Mathilde qu'il
avait laissée fleurissante de santé et de fraî-
cheur. Sa taille a perdu toutes ses grâces ;
sur sa figure est empreinte la pâleur de la
mort ; ses yeux sont maintenant ternes et
sans feu : le bandeau qui entourait son front
est rompu, et ses cheveux tombent sur ses
épaules. Elle a reconnu celui qu'elle croyait
au tombeau ; elle ressent toute l'horreur de
sa position, et reste immobile. Tous ses sens
paraissent en léthargie ; mais dans cette
léthargie terrible qui n'a qu'un réveil ; dans
cet état funeste où, après avoir souffert tout

ce qu'on peut souffrir, la première émotion qui nous réveille est la dernière.

Lothaire la regarde avec le calme d'un désespoir concentré. Le cœur brisé de douleur, il la contemple, et, hormis elle, ne voit, ne reconnaît rien. Enfin il s'approche d'elle, il lui parle... « Je ne te blâme point, » je sais tout ; je sais que tu m'as cru mort, » que la force seule t'a obligée de donner ta » main à un monstre que tu détestais. Mais » je te revois, je veux te presser contre mon » cœur. Dieu ! je t'adorais moins lorsque, » pour la première fois, je te serrai entre » mes bras, et t'appelai mon épouse !...... » Il avance, il l'entoure de ses bras. Frémissant, elle recule, comme si un serpent l'avait mordue ; un seul cri lui échappe, mais ce cri est le dernier : elle tombe morte dans les bras de celui qu'elle avait tant aimé.

Lothaire reste sans mouvement ; d'un œil fixe et morne, il contemple le corps inanimé qu'il soutient.

C'est ainsi que souvent on ne reçoit l'existence que pour souffrir. C'est en vain qu'on tâche de mériter le bonheur ; c'est en vain qu'on s'efforce d'éviter l'adversité : les vertus n'obtiennent pas l'un, ni ne garantissent de l'autre. Enfin, froissé et abattu, on se laisse aller à son sort, et on souffre, sans se plaindre, tous les coups de la fortune. Trompé dans toutes ses espérances, frustré de son seul et dernier bien, on jouit enfin de ce calme léthargique que l'excès de la souffrance amène ; et, insensible à tout ce qui peut arriver, on continue de vivre, sans crainte pour le présent, sans espoir pour l'avenir !

IMPRIMERIE DE SÉTIER,
Cour des Fontaines, n° 7, à Paris.

9 782014 466317